# [BIBLIOTH]ÈQUE L. CURMER

# ENSEIGNEMENT UNIVERSEL.

# RAPPORT

SUR LE PROJET

# DE CONSTITUTION,

FAIT

**Par M. A. MARRAST,**
Représentant du Peuple.

*20 centimes.*

PARIS.

LIBRAIRIE L. CURMER,
rue de Richelieu, 49.

1848

**La Bibliothèque L. Curmer** est destinée à enserrer dans un vaste réseau de publications *tout* ce qui touche à l'ENSEIGNEMENT UNIVERSEL et à l'ENSEIGNEMENT ÉLÉMENTAIRE. Sous le premier titre, elle abordera toutes les questions qui sont en discussion dans le temps présent, et sous le second, elle donnera des notions sur toutes les sciences.

Elle fait un appel à l'*intelligence*, en la conviant à répandre ses bienfaits sur tous ceux qui ont besoin d'apprendre ; à la *richesse*, en l'engageant à populariser ces petits écrits et à les distribuer avec la profusion qu'ils méritent par leur but et leur importance ; aux *travailleurs*, en leur offrant un moyen sûr et peu dispendieux d'acquérir sans peine toutes les connaissances qui forment l'homme et le citoyen.

A l'aide des remises successives suivantes : 10-12, 20-25, 50 65, 100-140, on peut pour *dix francs* répandre 140 exemplaires de ces petits livres, destinés à porter partout l'amour du pays, l'instruction et la paix.

Ces petites publications coûteront 10, 20, 30, 40 et 50 centimes, selon leur nombre de feuilles de 32 pages ; le prix de 10 centimes sera le plus usuel et les autres n'arriveront que par exception.

Paris. — Imprimerie de RIGNOUX, rue Monsieur-le-Prince, 29 *bis*.

Répandre parmi les hommes les trésors que l'expérience des générations passées a laborieusement acquis, les ramener par la raison et la force de la parole aux sentiments patriotiques et fraternels qui engendrent la paix et l'affermissent : telle est la mission de ceux qui veulent cordialement fonder l'ère de la République inaugurée en février 1848.

L'éducation populaire a été systématiquement négligée et comprimée pendant des siècles ; les efforts de l'intelligence pour aspirer la lumière étaient cruellement refoulés par la domination brutale de l'égoïsme. Aujourd'hui tous les enfants de la France sont appelés à cette éducation généreuse qui préparera pour nos neveux un âge où la capacité ne pourra être méconnue, où le courage ne restera pas sans soutien, où le travail trouvera sa récompense dans la propriété. La société, en s'asseyant sur les bases égalitaires et indestructibles de la fraternité, de la famille, du travail et de la propriété, marchera glorieusement dans la voie du progrès qui doit assurer aux générations futures le bonheur pour lequel nous travaillons si péniblement. De même que la propriété est l'axe du monde social, autour duquel gravite et se consolide la famille, de même l'éducation est l'élément qui utilise les fruits du passé et prépare les progrès de l'avenir.

C'est avec l'ardent désir de coopérer à cette émancipation intellectuelle que nous fondons cette bibliothèque, et pour arriver plus facilement, plus vite au but, nous divisons notre publication en trois séries qui marcheront de front : 1° ENSEIGNEMENT UNIVERSEL, qui traitera de toutes les questions sociales ; 2° ENSEIGNEMENT MORAL, qui comprendra des lectures variées et instructives ; 3° ENSEIGNEMENT ÉLÉMENTAIRE, qui contiendra des traités de toutes les sciences.

Puisse l'appel que nous faisons à tous les cœurs généreux ne pas rester sans écho. Nous accueillerons chaque parole fraternelle qui tendra à persuader aux riches et aux intelligents bienveillance et sympathie pour ceux qui souffrent ; aux pauvres et aux faibles, résignation dans le présent, courage et confiance inébranlables dans l'avenir.

L. CURMER.

# RAPPORT

FAIT

**Par M. A. MARRAST,**

SUR LE

# PROJET DE CONSTITUTION

PRÉSENTÉ PAR LA COMMISSION (1),
APRÈS AVOIR ENTENDU LES REPRÉSENTANTS
DÉLÉGUÉS DES BUREAUX (2).

CITOYENS REPRÉSENTANTS,

Les discussions prolongées et approfondies

---

(1) Cette commission est composée des citoyens Cormenin, président ; Marrast (Armand), rapporteur ; Lamennais, Vivien, de Tocqueville, Dufaure, Martin (de Strasbourg), Coquerel (Athanase), Corbon, Thouret, Woirhaye, secrétaire; Dupin aîné, de Beaumont (Gustave), Vaulabelle, Barrot (Odilon), Pagès (Ariége), Dornès, Considérant.

(2) Ces délégués étaient les citoyens Girard, Bérenger, Thiers, Menand, Chauffour aîné, V. Lefranc, Boussy, Parieu, Crémieux, Crépu, Boulatignier, Freslon, Duvergier de Hauranne, Berryer.

qu'a suscitées dans vos bureaux notre projet de constitution dispense le rapporteur de tous les détails qui auraient été nécessaires peut-être pour que votre pensée pût suivre la nôtre dans l'ensemble et dans les différentes parties de ce projet.

Nous pouvons nous borner aujourd'hui à mettre en relief les traits principaux qui en forment le caractère, fixer de nouveau votre attention sur quelques questions fondamentales qui ont été déjà l'objet de vos débats, et vous faire connaître les motifs pour lesquels la commission, examinant de nouveau ces questions, a persisté dans l'opinion qu'elle avait primitivement adoptée.

Ce n'est pas en un jour, citoyens représentants, que les nations se décident à ces changements qui modifient profondément leur condition.

La France a été préparée, par les soixante années qui fuient devant nous, à la forme de gouvernement qu'elle s'est enfin donnée.

Que votre pensée embrasse d'un seul regard ce long drame dont la dernière scène nous touche. Quelles vicissitudes, quelles épreuves, quelles expériences nous ont manqué!

Après l'effort prodigieux qui brisa l'ancienne société, la France a tout essayé, tout subi. Les cruelles douleurs de la guerre civile, les brillantes déceptions de la gloire, les amertumes de la défaite, la monarchie absolue du génie, la monarchie tempérée et sans génie, et la légitimité, et l'illégitimité, les pouvoirs fondés sur des traditions et les pouvoirs fondés sur les intérêts... Tout s'est usé, épuisé, jusqu'à ce que, à ces souverainetés usurpées, compressives ou défaillantes, le peuple en ait substitué une qui ne saurait ni s'épuiser ni périr : la sienne, celle de tous ses enfants appelés au même titre à prendre une part égale au choix des hommes qui doivent diriger ou gouverner.

L'invincible enchaînement des faits nous a donc conduits et nous attache à la République.

Mais les faits ne s'enchaînent point au gré du hasard ; le sillon qu'ils tracent en se succédant atteste l'action d'une logique supérieure à d'aveugles caprices. Les faits, à mesure qu'ils tombent de la main du temps, semblent souvent, il est vrai, heurter le bon sens, la justice, et réduire l'histoire au jeu de la force ou au désordre de la folie. Quand on les examine cependant, dès qu'un but est atteint, on les voit en quelque sorte s'aligner à travers l'espace que les générations ont parcouru, et ils apparaissent alors comme l'éclatant témoignage de la loi invisible qui régit les sociétés.

Cette loi du progrès, qu'on a longtemps niée, a sa racine dans la nature même de notre espèce. Oui, toute société est progressive, parce que tout individu est éducable, perfectible : on peut mesurer, limiter peut-être les facultés d'un individu ; on ne saurait limiter, mesurer ce que peuvent, dans l'ordre des idées, les intelligences, dont les produits ne s'ajoutent pas seulement, mais se fécondent et se multiplient dans une progression indéfinie.

En vertu de cette loi, les peuples, augmentant sans cesse leur industrie et leurs lumières, accroissent dans la même proportion leurs besoins matériels et leurs besoins moraux. Ces besoins s'étendent, pénètrent dans toutes les couches du sol, et lorsque les institutions les compriment ou les refoulent, il vient un jour, une heure, où le progrès, débordant de toute part, emporte les résistances, et se fait jour par de terribles déchirements.

C'est ce qu'on nomme les révolutions. Émanées de la volonté nationale, elles ne sont pas autre chose que l'explosion et la victoire d'un progrès accompli.

Mais les peuples seraient-ils condamnés à ces secousses violentes et périodiques? Non.

Le moyen de les éviter, c'est, à notre avis, d'organiser les institutions de manière que toute idée juste, toute application utile puisse s'y encadrer sans effort; que le mouvement des esprits et des faits se régularise en s'appliquant; que toute amélioration puisse passer de la conviction d'un seul dans l'opinion du plus grand nombre, et de l'opinion dans les lois, sans autre trouble que l'agitation causée dans l'atmosphère politique par le mouvement et la calme chaleur de la lumière.

Que faut-il pour cela? Adopter une forme de gouvernement flexible, pénétrable aux intérêts comme aux idées, où le sentiment public trouve toujours son expression sincère, et dont le moule soit rebelle à l'ambition ou à la violence des minorités.

Voilà ce que réalise le gouvernement républicain à l'aide du suffrage universel et direct, qui est son principal instrument. Avec le suffrage universel, tout peut être défectueux, mais tout est temporaire et corrigible. Nulle exclusion, ni pour aucun homme, ni pour aucune doctrine : hommes et doctrines ont un seul juge, la majorité nationale. Contre ses erreurs possibles, la minorité convaincue et tranquille a pour elle la liberté de la parole, de la presse, de l'association, et le temps, cet auxiliaire infaillible de la vérité.

Quant aux minorités turbulentes ou rétrogrades, elles ne peuvent attendre que l'énergique répression de la loi, et d'une loi d'autant plus sévère que, le droit de chacun étant garanti, l'insurrection devient le plus grand des crimes.

Le suffrage universel, organe souple et fidèle de la volonté du peuple, apporte donc à la société un nouvel élément d'ordre, et il donne au pouvoir la force toute-puissante qui accompagne une incontestable souveraineté.

En deçà du suffrage universel, il n'y a que l'usurpation, l'oligarchie, la négation du droit, un retour sanglant vers le passé, une cause incessante de révolutions... Au delà... Eh! que peut-il y avoir au delà, sinon le chaos ou l'abîme?

En deux mots, la France est une démocratie; le gouvernement de la France doit être une république.

La constitution que nous avons à vous présenter doit être à la fois républicaine et démocratique; c'est-à-dire qu'elle doit armer la démocratie des moyens de se régulariser, de se mouvoir, de se modifier pacifiquement.

Telle est la pensée fondamentale qui a dirigé votre commission, tel est le but qu'elle a tâché d'atteindre dans le projet qui vous est soumis.

Ce projet, citoyens représentants, n'a la prétention de rien inventer.

Les révolutions ne consacrent que des idées faites; les constitutions écrivent ce qui est consacré par les révolutions dont elles sortent.

Une constitution, c'est le frein des majorités, la garantie des individus, la règle des pouvoirs, et comme l'axe de la sphère où se meut l'activité nationale.

Nous devions donc nous demander d'abord si cette activité a un but.

Et qui oserait soutenir aujourd'hui que les 36 millions d'êtres qui composent le peuple français forment seulement des groupes d'intérêts exclusivement occupés de leur bonheur? Qui oserait dire qu'il n'y a pas dans ce peuple des mœurs, des sentiments, des idées communes à tous, se révélant ici par des instincts, là par la raison étendue et cultivée? Il faudrait nier tout le passé et insulter l'histoire pour ne pas reconnaître qu'au-dessus de ces âmes isolées, s'élève l'âme de la patrie; au-dessus des caractères individuels, le caractère national; au-dessus de tous les talents, de toutes les forces, de tous les génies, la force, le talent, le génie de la France!

Nous ne nous arrêterons pas à démontrer que la France a rempli dans le monde moderne, une fonction d'initiative et de dévouement dont elle ne s'est jamais départie. Cette fonction, elle l'exerce dans sa vie intérieure comme dans sa vie de relation. Son travail constant sur elle-même, c'est l'affranchissement successif de tous ses enfants; son travail au dehors, c'est de répandre les idées qui l'élèvent elle-même. Ce qui la distingue, c'est de faire profiter autrui de ses propres conquêtes; l'égoïsme lui est antipathique, elle n'a jamais acquis que pour dépenser.

Changeant d'agents et de moyens suivant le temps, elle cherche toujours à se communiquer, à s'épandre: tantôt par l'épée, quand la victoire ouvre les grands courants de la civilisation; tantôt par les révolutions, quand elles proclament ces principes moraux qui unissent les peuples; tantôt par le rayonnement pacifique de son intelligence; elle a sans cesse le même moteur dans la même carrière, et tel est son besoin de sociabilité, qu'elle semble ne pouvoir se reposer qu'au sein de cette association universelle des nations, liées entre elles par le respect mutuel de leurs droits et de leurs devoirs. Aussi, quand un pouvoir malfaisant lui enlève l'air et l'espace, vous pouvez lire dans ses regards attristés tout ce qu'elle souffre, jusqu'à ce que son génie retrouve sa voie et y déploie ses ailes avec plus d'élan et de vigueur.

Cet idéal, que nous trouvons réalisé dans notre histoire, nous n'avons plus besoin d'en chercher la formule. Nos pères nous l'ont transmise, et la République l'a proclamée. Notre projet de constitution place donc à son frontispice ces mots de *Liberté*, *Égalité*, *Fraternité*, comme le dogme fondamental de la politique.

Dans le premier projet, nous avions essayé de définir la liberté et l'égalité; le texte nouveau ne les définit point, mais il consacre toutes les institutions qui les garantissent. Nous avons emprunté aux anciennes constitutions, nous y avons ajouté tout ce que nous apprenait l'expérience contemporaine pour protéger l'individu dans sa vie, dans sa liberté, dans sa propriété, dans son domicile, dans son droit d'écrire, de parler, de publier, de s'associer, de pratiquer son culte suivant sa foi. Ce sont là des droits inhérents à la nature même. Toutes les conventions sociales les supposent. Antérieurs et supérieurs à ces conventions, ils servent à les juger; car, sans l'exercice libre de ces facultés, l'individu n'est plus un être moral et responsable; il ne figure plus dans une société que comme un nombre, une force inerte privée tout à la fois de spontanéité et de stimulant.

Toutefois la liberté ne saurait être livrée à

elle-même, sans règle et sans discipline. La liberté de chacun finit où commence la liberté d'autrui : c'est là sa première borne, et de là naît l'égalité. Réduite à ce premier germe, limitée à ce simple fait d'empêcher la liberté de nuire, l'égalité ne serait qu'une négation utile peut-être à l'ordre matériel, stérile pour l'amélioration de la société. C'est ainsi qu'elle a été envisagée jusqu'à présent. La loi primordiale garantissait à chacun sa liberté, et l'égalité s'arrêtait là ; c'est-à-dire qu'on la détruisait en la proclamant. Car enfin, qu'est-ce que la liberté du faible à côté de celle du fort, la liberté de l'ignorant près de celle de l'homme instruit? Une lutte, où le premier succombe à coup sûr.

Est-ce à dire que nous voulions courber sous un niveau impossible toutes les intelligences, enrégimenter les volontés, nier la diversité des aptitudes, détruire les influences naturelles des dons supérieurs, des vocations élevées, des possessions légitimes?

Non, nous ne méconnaissons pas à ce point les exigences du bon sens et de la raison. L'égalité que nous voudrions établir dans les rapports sociaux, c'est celle que la fraternité commande et explique.

La loi chrétienne avait dit depuis longtemps : *Les hommes sont égaux, les hommes sont frères.* Quand la loi politique, à son tour, a proclamé ces deux maximes, ce n'était pas pour étaler de beaux sentiments, mais pour créer de sérieux devoirs. Ces devoirs obligent les citoyens envers la société, la société envers les citoyens; tout homme se doit aux autres, et les pouvoirs représentant l'ensemble social se doivent à tous : entre l'État, la famille, l'individu, s'établissent ainsi les liens d'une solidarité, religieuse dans son principe, politique dans son action.

La fraternité servant d'origine aux institutions, inspirant les lois de son souffle, animant l'État tout entier de son esprit : voilà, selon nous, l'heureuse et féconde nouveauté de notre République et de notre âge.

La fraternité, entrant dans les croyances et dans les mœurs, arrête au seuil de l'injustice la liberté, qui est de sa nature accapareuse, usurpatrice; la fraternité, dans les rapports des citoyens entre eux, assure à tout être portant le titre d'homme respect de ses droits, de son utilité, et satisfaction de ses premiers besoins; la fraternité, placée au sommet de l'État, y apporte cette sollicitude vigilante pour les faibles, inquiète pour ceux qui souffrent, active pour ceux que les calamités privent de leur travail, bienfaisante pour les délaissés, soucieuse des malheureux; sollicitude dont le regard embrasse l'existence sociale tout entière, et dont la fonction se résume en ces trois mots: voir, prévoir et pourvoir.

Encore une fois, citoyens représentants, nous ne sommes pas ici dans les régions du sentiment, mais dans le domaine de la vraie et saine politique, celle qui se préoccupe avant tout, par dessus tout, de veiller sur la société, d'en étudier les besoins, d'en connaître les douleurs, de travailler autant qu'elle peut à les prévenir ou à les calmer, car on ne saurait ni les empêcher ni les guérir toutes.

C'est encore ici ce qui distingue l'action républicaine des autres: tout n'est pas fini pour elle quand elle a garanti à chaque citoyen son droit de participer à la vie publique, quand elle a donné à chaque intérêt la faculté de déléguer ses représentants. Le dogme qu'elle professe lui impose encore de plus hauts devoirs.

Qu'on me permette, à ce sujet, de bien expliquer notre pensée, pour qu'elle ne laisse aucun doute.

Nous sommes convaincu et nous affirmons qu'une société est mal ordonnée, lorsque de milliers d'hommes honnêtes, valides, laborieux, n'ayant d'autre propriété que leurs bras, d'autres moyens d'existence que le salaire, se voient condamnés sans ressources aux horreurs de la faim, aux angoisses du désespoir ou à l'humiliation de l'aumône, frappés par des circonstances supérieures à leur volonté qui viennent les chasser du toit où le salaire les faisait vivre.

Nous disons que lorsqu'un citoyen dont le travail est la vie offre à travailler pour se nourrir, pour nourrir une femme, des enfants, un vieux père, une famille, si la société impassible détourne les yeux, si elle répond : « Je n'ai que faire de votre travail, cherchez ou mourez, mourez, vous et les vôtres, » cette ociété est sans entrailles, sans vertu, sans moralité, sans sécurité ; elle outrage la justice, elle révolte l'humanité, elle agit en heurtant tous les principes que la République proclame.

C'est au nom de ces principes que nous avions écrit dans la constitution le droit de vivre par le travail, le *droit au travail*.

Cette formule a paru équivoque et périlleuse. On a craint qu'elle ne fût une prime à la fainéantise et à la débauche; on a craint que des légions de travailleurs, donnant à ce droit une portée qu'il n'avait pas, ne s'en armassent comme d'une devise d'insurrection. A ces objections importantes s'en ajoute une autre plus considérable : si l'État s'engage à fournir du travail à tous ceux qui en manquent par une cause ou par une autre, il devra donc donner à chacun le genre de travail auquel il est propre. L'État deviendra donc fabricant, marchand, grand ou petit producteur. Chargé de tous les besoins, il faudra qu'il ait le monopole de toutes les industries.

Telles sont les énormités qu'on a vues dans notre formule du droit au travail; et, puisqu'elle pouvait prêter à des interprétations si contraires à notre pensée, nous avons voulu rendre cette pensée plus claire et plus nette, en remplaçant le droit de l'individu par le droit imposé à la société.

La forme est changée, le fond reste le même.

Non, nous n'avons jamais voulu que la constitution pût encourager l'ouvrier paresseux ou immoral à déserter l'atelier pour demander à l'État un travail plus facile; nous n'avons jamais voulu que l'État pût faire une concurrence meurtrière aux industries privées. Nous nous serions reproché comme un crime d'avoir l'air même de tendre la main à ces doctrines sauvages dont le premier mot est la destruction de la liberté, le dernier la ruine de tout ordre social.

Mais quoi! n'y a-t-il pas une voie ferme et sûre entre les cruautés de l'égoïsme et les abîmes de la démence? La société ne peut-elle rien tenter, rien organiser, pour élever les populations laborieuses dans l'échelle de l'instruction, de la moralité, du bien-être, sous peine de se jeter dans tous les hasards du désordre?

Vous ne le penserez pas plus que nous, citoyens représentants, et nous en attestons ce que vous avez déjà fait dans l'intérêt de ceux qui travaillent. Nous croyons avoir exprimé vos sentiments quand nous avons écrit dans la loi fondamentale l'obligation imposée aux pouvoirs publics de développer le travail par l'instruction primaire gratuite, par l'éducation professionnelle, par l'égalité de rapports entre le patron et l'ouvrier, par les institutions de prévoyance et de crédit, par l'encouragement donné aux associations volontaires et libres, par la création enfin de ces grands travaux où les bras inoccupés peuvent trouver un emploi.

C'est ainsi que nous avons défini, précisé, la portée des obligations imposées aux pouvoirs nouveaux, et la portée du droit qu'ils créent aux citoyens.

S'il y aurait péril à l'étendre, il y aurait péril à le restreindre. La République, en effet, nous le répétons, ne doit pas borner son action à protéger la liberté, la propriété, la famille, ces premiers biens, ces biens impérissables de l'humanité; elle ne doit pas se borner à dire : « J'ai des lois contre les pervers, contre les malfaiteurs j'ai des gendarmes, et contre les factieux j'ai du canon. »

Sa foi lui assigne une mission plus large et plus élevée. Elle est la tutrice active et bienfaisante de tous ses enfants; elle ne les laisse pas croupir dans l'ignorance, se pervertir dans la misère ; elle ne demeure pas indifférente devant ces crises de l'industrie qui jettent des armées de salariés sur les places publiques avec l'envie au cœur, le ressentiment et le blasphème à la bouche. Implacable contre la révolte, elle est compatissante, humaine, prévoyante pour le malheur ; elle recommande, elle honore le travail, elle l'aide par ses lois, elle en garantit la liberté; mais, lorsqu'un chômage forcé vient paralyser ce travail, elle ne ferme pas son cœur, elle ne se contente pas de gémir en répétant *Fatalité !* elle fait appel au contraire à toutes ses ressources en s'écriant *Fraternité!*

Mais ces ressources, nous dira-t-on, où les prendre ?

Citoyens représentants, nous savons bien qu'on ne les improvise pas, et la République succédant à la monarchie se trouve aujourd'hui dans cette dure condition de ne pouvoir donner un effet immédiat à ses principes et à ses idées. Elle ressemble à un corps qui aurait des sentiments, des facultés, et pas d'organes. Son devoir sera précisément de les créer.

Des ressources! Manquent-elles dans ce vaste

territoire dont le cinquième est encore sans culture? manquent-elles avec une population aussi active, aussi industrielle? manquent-elles à un État qui a tant à défricher, tant de cours d'eau à fertiliser, tant de routes, de canaux, de rivières, tant d'édifices, de monuments, et tant de montagnes à reboiser, et tout un système d'irrigation à établir? manquent elles lorsque l'agriculture réclame les bras que l'industrie lui enlève, quand les forces, les agents du travail sont si mal équilibrés que nos campagnes meurent d'étisie et nos villes de pléthore.

Non, ce ne sont pas les ressources qui manquent; ce qui a manqué, c'est la volonté, c'est le dévouement, c'est le désir sincère, ardent, de tourner au profit de tous ces moyens productifs dont l'État dispose; ce qui a manqué, c'est l'œil qui voit les plaies de la société, c'est la main qui les sonde, c'est la pensée qui doit en être sans cesse préoccupée.

La République aura cette œuvre capitale à réaliser, non pas en un jour, mais à l'aide de constants efforts.

Fondée par le droit, légitimée comme l'expression complète de la souveraineté du peuple, elle puise dans cette origine sa tendance et sa direction. Nous avons voulu que la constitution indiquât dans quel esprit et dans quel but d'amélioration progressive la République marquerait son action sur la société ; comment elle devait substituer à l'égoïsme la fraternité ; à un petit nombre d'intérêts protégés, la protection de tous les intérêts sans exception et sans privilége ; comment elle devait diriger le mouvement des esprits, assurer l'ordre, régulariser le progrès, suivre enfin l'étoile populaire qui luit aujourd'hui au firmament de toute l'Europe, et qui imprègne sa boussole d'un nouvel aimant.

Pour que la démocratie réalise ses vœux, ses aspirations, nous avons dû rechercher les moyens de donner à sa volonté des agents qui l'expriment, qui la protégent et qui l'appliquent : c'est ce que nous avons essayé de faire en organisant les pouvoirs publics.

Citoyens représentants, vous connaissez cette organisation : vous l'avez discutée, approuvée dans ses données premières et dans ses principales applications. Votre conviction est faite ; le sentiment public s'est prononcé. Il nous est donc permis de traiter rapidement des questions longtemps débattues, car il ne nous a jamais paru fort utile de plaider des causes gagnées.

Tous les pouvoirs émanent du peuple, c'est-à-dire de cette collection de citoyens virils dont la totalité est seule souveraine.

Cette souveraineté est une ; elle s'exprime par le suffrage universel et direct pour le choix des hommes qui la représentent. La majorité de ceux-ci personnifie donc la volonté nationale ; la loi émanée de leur vote est l'expression de cette volonté.

Or, pour une personne sociale comme pour un être individuel, la volonté est essentiellement libre ; elle se détermine par des besoins mobiles, variables, incessamment modifiés par un double instinct, dont un peuple ne se dépouille pas plus qu'un homme, l'instinct de conservation, qui fait le fond de la vie ; l'instinct de perfectionnement, qui lui donne l'activité, l'impulsion, le désir du bien-être, le mouvement ascendant, la moralité, le progrès. Livrée au mouvement de ses désirs et de ses passions, la société se briserait bientôt comme une machine détraquée ; immobilisée, matérialisée, pétrifiée, condamnée à vivre de la vie du polype, elle s'arracherait bientôt sanglante du roc où l'on essayerait de l'incruster.

Cette double fonction de l'existence est aujourd'hui reconnue de tout le monde ; elle implique une conséquence invincible : c'est que la nation doit être consultée à des termes courts et réguliers; par conséquent, elle ne saurait avoir de pouvoir héréditaire. Souveraineté du peuple, hérédité du pouvoir politique : deux choses qui se heurtent comme deux incompatibilités. Si la première est vraie, l'autre est fausse; si la première a conquis l'opinion intelligente de toutes les nations, l'autre est frappée de mort, et la durée en est tout simplement impossible.

Notre constitution, jalouse de mettre le pouvoir en harmonie avec les mouvements de la volonté nationale, les renouvelle donc à des époques assez rapprochées pour que ces pouvoirs guident, poussent ou modèrent la société dans le courant de faits et d'idées qui l'entraîne.

Nous n'entrons à ce sujet dans aucun détail, notre projet suffit à expliquer notre pensée.

Une seule question a fourni le texte d'objections plus importantes par l'esprit et la renommée de ceux qui les font que par la puissance réelle des arguments qu'ils emploient. Nous voulons parler de l'assemblée unique à laquelle est remis le pouvoir législatif.

S'il y a au monde un fait reconnu, avéré, c'est l'homogénéité du peuple français ; s'il y a une tendance constatée dans l'histoire, un résultat obtenu, c'est l'unité de la nation. Cette unité est partout, dans une administration concentrée, dans la prépondérance de la capitale, dans les lois, dans la justice ; elle a pénétré même dans ce qu'il y a de plus personnel, de plus intime, dans les travaux de la science et des arts. Cette unité est notre force : la monarchie dans le passé ne s'est rendue utile qu'en la servant.

La souveraineté est une, la nation est une, la volonté nationale est une. Comment donc voudrait-on que la délégation de la souveraineté ne fût pas unique, que la représentation nationale fût coupée en deux, que la loi émanant de la volonté générale fût obligée d'avoir une double expression pour une seule pensée ?

Considérée soit dans la souveraineté qui en est la source, soit dans le pouvoir qui l'exécute, soit dans la justice qui l'applique, la loi n'est pas divisible; comment le serait-elle dans le pouvoir qui la conçoit et qui la crée?

Évidemment il faudrait des raisons supérieures, d'impérieuses nécessités politiques, pour que la constitution républicaine, partageant le pouvoir législatif en deux chambres, fît cette violence à la logique et portât une si profonde atteinte au sentiment public: ces raisons, nous ne les apercevons pas.

Les partisans des deux chambres reconnaissent comme nous l'unité de la France, et ils prétendent respecter la souveraineté du peuple. Il n'y a qu'un malheur, c'est qu'ils s'exposent continuellement à méconnaître ou à violer sa volonté. Imaginez deux chambres organisées comme il vous plaira: dès que vous les placez côte à côte, égales en puissance, vous n'arriverez qu'à l'un de ces deux résultats:

Ou les chambres seront d'accord, et alors une double discussion, un double vote, ne servent à rien et peuvent nuire en retardant la loi;

Ou bien elles seront en désaccord, ce qui arrivera le plus souvent, et alors c'est la lutte que vous établissez au sommet de l'État : or, la lutte en haut, c'est l'anarchie en bas. Les deux chambres sont donc un principe de désordre.

De cette lutte, l'une des deux chambres sortira nécessairement affaiblie, et l'autorité de la loi perdra en respect ce que les législateurs auront perdu en crédit Ajoutez à cela que la discussion dans une seconde chambre doit jeter le trouble dans la première ; la minorité se passionne davantage quand elle espère faire triompher sa cause en appel. De là des intrigues sans nombre, de là moins de soumission pour la décision d'une assemblée ; les partis extérieurs ajoutent leurs passions à celles des représentants ; ce qui n'était d'abord qu'une opposition convaincue peut devenir un antagonisme systématique ; et alors il n'y a plus deux chambres, mais deux camps, ou plutôt il n'y a plus de pouvoir législatif ; l'une des deux forces pouvant paralyser l'autre, la machine s'arrête jusqu'à ce qu'une secousse violente la brise, ou qu'un ambitieux l'aplatisse de manière à la faire tenir dans le fourreau de son épée.

Le péril de cette dualité ne se fait pas moins sentir, en effet, dans les rapports du pouvoir législatif avec l'exécutif. Avec une seule assemblée politique, une seule inspiration, une seule règle, l'Assemblée, organe de l'opinion, la fait prévaloir en donnant ou refusant la majorité aux ministres ; ils sortent de son sein, ils se conforment à ses idées. Mais si un ministère qui plaît à une chambre déplaît à l'autre, qui l'emportera ? et si, par hasard, ce ministère représente fidèlement les opinions, le système du président de la République, système qui pourra n'être point en parfaite harmonie avec celui de la représentation nationale, qu'arrivera-t-il ? Avec l'assemblée unique, la chose est simple ; tout doit fléchir devant sa loi. Avec une seconde chambre, il y a un secours à la résistance : le pouvoir exécutif, battu ici, se réfugie là ; à une majorité contre lui, il oppose une majorité pour lui ; il se sert de l'une contre l'autre, il les use bientôt par ces chocs fréquents. Le pouvoir législatif, amoindri, déprimé, offre une prise à toutes les usurpations. Quand on a pour soi les Anciens, on fait sauter les Cinq-cents par les fenêtres.

Ces coups de main sont rares, nous le savons bien, pas si rares toutefois que les hommes de génie ; mais cette extrémité même est-elle nécessaire pour condamner le système des deux chambres? Si elles ne deviennent pas le levier d'un ambitieux, si elles ne servent pas les desseins d'un conquérant, n'y a-t-il pas toujours d'assez nombreuses causes d'agitation dans un État ? Une popularité pour laquelle vous créez deux rivales, une multitude à laquelle vous pouvez donner la moitié d'un pouvoir législatif qui la flatte, tandis que l'autre moitié lui résiste?

Et tous ces dangers si graves, vous les braveriez? Pourquoi? pour obéir à un principe? Non; pour attaquer tous les principes. Pour donner à la loi plus de puissance? Non ; on affaiblit la puissance en la divisant. Pour assurer à la représentation nationale une expression plus sincère, pour calmer les partis, amortir les passions, maintenir l'unité, assouplir, simplifier les ressorts de l'appareil législatif? Rien de semblable.

Pourquoi donc ? On ne nous donne que

deux motifs : l'un est grave, l'autre ne l'est pas. Ce dernier, c'est l'exemple de l'Angleterre et des États-Unis.

Nous pourrions montrer facilement que deux chambres en Angleterre représentent deux intérêts divers, quelquefois contraires, qui se trouvent dans le parlement, parce qu'ils sont dans le pays. Nous pourrions montrer qu'aux États-Unis la souveraineté se divise et se subdivise, qu'elle est partielle, locale, formée de groupes indépendants, et qu'elle se reproduit dans le pouvoir comme elle est à l'origine.

Nous ferons seulement une réponse qui dispense de toute autre. Nous sommes en France, nous constituons la république française, nous agissons sur un pays qui a ses mœurs, son caractère personnel : nous n'avons à le costumer ni à l'américaine ni à l'anglaise. Plein de respect pour les autres nationalités, plein d'admiration pour ce qu'elles ont fait de grand et de durable, nous nous abdiquerions en les copiant. La raison émigrée de Londres ou de Washington est mauvaise par cela même qu'elle vient de là. Transplanter une organisation politique sur un sol étranger, c'est vouloir qu'elle n'y pousse pas de racines. L'argument hétérogène prouverait donc plutôt contre que pour : soyons modérés, il ne prouve rien.

Il en est un autre qui a, selon nous, une base plus solide et dont la commission s'était fortement préoccupée : c'est l'entraînement d'une assemblée unique, qui, sous la pression d'un événement extérieur ou d'une émotion née dans son propre sein, peut prendre une résolution irréfléchie, faire une loi imprudente, et dont elle serait la première à se repentir. Notre humeur est vive et prompte, le talent d'un orateur peut nous exalter ; au seul éclair d'une passion généreuse, notre pensée devient une flamme. Serait-il sage de compromettre la majesté de la loi par l'emportement ou la précipitation ? Ne faut-il pas que la loi soit toujours entourée de formes solennelles, méditée, mûrie, soumise à plusieurs degrés de discussion ?

Oui, sans doute, tout cela est sensé, et la commission croit y avoir répondu par les précautions qu'elle a prises. Elle assure plus de deux degrés à la discussion en exigeant que l'Assemblée délibère trois fois, à dix jours d'intervalle, sur les projets qui lui sont soumis. Dans les cas d'urgence, rien ne peut être résolu à l'heure même, et l'urgence débattue dans les comités ou dans les bureaux doit être jugée avant que l'Assemblée ne prononce au fond. A côté de l'assemblée unique, la constitution place un conseil d'État choisi par elle, émanation de sa volonté, délibérant à part, en dehors des mouvements qui peuvent agiter les grandes réunions. C'est là que la loi se prépare, c'est là qu'on renvoie, pour la mûrir, toute proposition d'initiative parlementaire qui paraît trop hâtive au pouvoir législatif. Ce corps, composé d'hommes éminents, et placé entre l'Assemblée, qui fait la loi, et le pouvoir, qui l'exécute ; tenant au premier par sa racine, au second par son contrôle sur l'administration, aura naturellement une autorité qui tempérera ce que l'assemblée unique pourrait avoir de trop hardi, ce que le gouvernement pourrait avoir d'arbitraire.

Pour conjurer enfin tous les périls de la précipitation, nous avons accordé au pouvoir exécutif le droit d'appeler l'Assemblée à une délibération nouvelle.

Nous avons donc multiplié les garanties,

nous avons élevé contre le torrent des digues plus nombreuses et plus résistantes qu'il n'y en eut dans toutes les constitutions passées ; et en maintenant l'unité de l'Assemblée, l'expression simple et vraie de la souveraineté nationale, nous croyons avoir réduit au néant la seule objection sérieuse qui vînt donner quelque raison au système des deux chambres.

Et qu'il nous soit permis de le dire, toutes ces craintes sur l'impatience et sur la précipitation d'une assemblée unique sont démesurément exagérées. Trente ans de discussions parlementaires n'ont pas passé vainement sur le front de nos générations; l'éducation politique est plus complète aujourd'hui, les représentants du peuple comprennent tout ce qu'exige de patriotisme et de modération l'exercice de l'autorité suprême. La souveraineté, assurée d'elle-même, ne s'extravase point, ne déborde pas en flots impétueux ; elle a la dignité et le calme de la puissance Et nous pouvons sans flatterie invoquer l'Assemblée qui nous écoute : maîtresse absolue de la situation, absorbant en elle tous les pouvoirs, placée sous l'impression des événements les plus périlleux, des circonstances les plus critiques, elle a su, dans ces circonstances mémorables, donner à toutes les démocraties un noble exemple, et aux partisans des deux chambres une excellente leçon.

### POUVOIR EXÉCUTIF.

Tout ce que nous avons dit sur l'unité du pouvoir législatif s'applique avec la même justesse au pouvoir exécutif. Les preuves et les développements nous semblent ici superflus. Les esprits éclairés savent bien que plus la délibération a été large et complète, plus l'exécution doit être ferme, prompte, résolue. L'expérience est d'accord avec la théorie pour démontrer que tout pouvoir exécutif livré à plusieurs mains devient bientôt une impuissance.

La constitution délègue donc le pouvoir à un président de la République qui aura atteint l'âge viril, qui sera Français et n'aura jamais cessé de l'être.

Par qui ce président doit-il être nommé? Ici deux opinions se sont élevées dans la commission.

La minorité pensait qu'en le faisant nommer

directement par le suffrage universel, on courait le risque de placer en face de la représentation nationale un pouvoir égal, quoique différent; qu'on pouvait ainsi établir une rivalité dangereuse ; donner à la souveraineté deux expressions, au lieu d'une ; rompre l'harmonie toujours si nécessaire entre l'autorité qui fait la loi et le fonctionnaire qui en assure l'exécution ; que, dans ce pays surtout, le suffrage universel concentré sur un seul homme lui donnait une puissance toujours sollicitée par des tentations fatales à la liberté. La minorité aurait donc désiré remettre à l'Assemblée déléguée de la souveraineté du peuple la nomination du président de la République ; elle croyait par là concilier à la fois ce qu'exige la rigueur des principes et ce que commande la situation d'un régime nouveau.

Cette opinion n'a point prévalu. La majorité a été convaincue que l'une des conditions vitales de la démocratie, c'est la force du pouvoir. Elle a donc voulu qu'il reçût cette force du peuple entier, qui seule la donne, et qu'au lieu de lui arriver par transmission intermédiaire, elle lui fût donnée par une communication directe et personnelle. Alors il résume sans doute la souveraineté populaire, mais pour un ordre de fonctions déterminé, l'exécution de loi. La majorité n'a pas craint qu'il abusât de son indépendance, car la constitution l'enferme dans un cercle dont il ne peut pas sortir. L'Assemblée seule demeure maîtresse de tout le système politique; ce que le président propose par ses ministres, elle a le droit de le repousser; si la direction de l'administration lui déplaît, elle renverse les ministres; si le président persiste à violenter l'opinion, elle le traduit devant la haute cour de justice et l'accuse.

Contre les abus possibles du pouvoir exécutif, la constitution se prémunit en le faisant temporaire et responsable. Le président, après une période de quatre ans, ne peut être réélu qu'après un intervalle de quatre autres années. Il n'a aucune autorité sur l'Assemblée; elle en conserve une toute-puissante sur ses agents. Il ne peut jamais arrêter ou suspendre l'empire de la constitution et des lois; il ne peut ni céder un pouce du territoire, ni faire la guerre, ni exécuter un traité, sans que l'Assemblée y consente; il ne peut pas commander en personne les armées de terre ou de mer; il ne peut nommer les hauts fonctionnaires dépendant de lui qu'en conseil des ministres ; il ne peut révoquer les agents électifs que de l'avis du conseil d'État. L'Assemblée nationale choisit seule les membres de la cour suprême qui maintient l'unité de la juridiction, et, sauf les magistrats du parquet, le président de la République ne peut nommer les juges que d'après des conditions déterminées par les lois.

Toutefois, après avoir défini et limité les pouvoirs du président de la République, la constitution lui confère tous les attributs qui appartiennent au premier fonctionnaire d'un grand État. C'est en lui que se personnifie l'action de la France ; il connaît, il promulgue, il exécute la pensée de la République ; si l'Assemblée en est l'âme, il en est le bras ; il la représente au dehors, il dispose de ses forces, il donne l'impulsion à l'administration, il la dirige, il est le protecteur de l'ordre, le défenseur de la société, le premier magistrat d'un peuple puissant et libre, l'agent supérieur d'une démocratie. Il faut donc qu'il ait à la fois la dignité et la force de la loi agissante.

C'est ce que nous avons voulu en accordant à ce pouvoir tous les droits que la constitution attache à cette position éminente. Nous lui donnons le rang, l'autorité suprême; sa volonté ne doit rencontrer aucune résistance; car il commande au nom de la loi. Tout le mouvement des affaires intérieures et extérieures de l'État dépend de lui, remonte à lui. Aussi désirons-nous qu'il soit placé par la République dans la condition d'honneurs et de prérogatives qui convient à celui qui représente la France vis-à-vis des autres nations; et si le traitement que nous avons affecté à ses fonctions vous a paru trop réduit, c'est que, dans notre pensée, le trésor national doit pourvoir à tous ses frais de représentation, dont le chiffre dépassera certainement celui que nous avons fixé pour sa personne.

Au-dessous du président de la République, nous avons placé un vice-président, présenté par lui, nommé par l'Assemblée nationale, qui marche à la tête du conseil d'État, et auquel l'Assemblée voudra sans doute assurer aussi une situation honorable et digne de celui qui peut être appelé à remplacer le président de la République dans le cas où celui-ci est empêché par une cause ou par une autre de remplir ses hautes fonctions.

Le pouvoir législatif et le pouvoir exécutif agissent sur l'administration intérieure, à laquelle nous n'avons apporté que des modifications peu importantes, si ce n'est la création d'un conseil cantonal réclamé depuis longtemps, et qui peut devenir l'agent le plus utile pour une répartition plus équitable de l'impôt, et surtout pour assurer le bienfait de l'instruction et de l'éducation, qui est, sous le régime républicain, le premier besoin de la société, le premier devoir du gouvernement, l'instrument le plus actif, le plus pacifique et le plus sûr de la moralité et des progrès des populations.

### POUVOIR JUDICIAIRE.

L'essence même de la République, citoyens représentants, c'est que tout émane du peuple, tout en dérive et tout s'y appuie. Le pouvoir législatif exprime sa volonté dans la loi, le pouvoir exécutif en assure la force, le pouvoir judiciaire la sanctionne chaque jour en l'appliquant. Il nous restait donc à organiser ce troisième pouvoir, et c'est le dernier objet de notre projet de constitution.

Ici nous passerons rapidement, car nous rencontrons des principes acceptés, des idées générales réalisées dans nos codes; les innovations que nous avons faites dans notre projet n'ont rencontré non plus aucune résistance. Il nous suffit donc de les indiquer, car à quoi bon défendre ce qui n'est point attaqué?

Ce qui tient au personnel de la magistrature et aux garanties que la société lui donne et doit exiger d'elle trouvera mieux sa place dans la discussion d'une loi spéciale. Nous avons voulu seulement poser une règle, c'est que l'indépendance du juge, qui est sans cesse aux prises avec les intérêts et les passions individuelles, doit être mise hors de toute atteinte.

Aux tribunaux existants nous avons ajouté un tribunal administratif supérieur, qui décide en dernier ressort sur les contestations que l'action si pénétrante de l'administration peut soulever. Ce tribunal administratif existe au premier degré dans chaque département, et nous avons fait intervenir les conseils généraux et le conseil d'État dans la désignation des magistrats de cet ordre.

Le caractère des procès n'est jamais aimable, mais il n'est pas toujours simple : la nature des intérêts les complique aussi bien que la qualité des parties ; il s'élève donc souvent des conflits d'attributions entre l'autorité administrative et l'autorité judiciaire. La première les avait jusqu'à présent tranchés de son plein pouvoir ; nous avons créé un tribunal particulier qui aura la juridiction des conflits.

La responsabilité qui accompagne tous les actes des fonctionnaires politiques ou administratifs avait été écrite dans les constitutions précédentes ; mais elle figurait pour l'honneur des principes, et comme une de ces décorations de théâtre destinées à plaire à ceux qui se contentent du phénomène de la contemplation. La liberté républicaine exige que la responsabilité soit réelle, point tracassière, mais point décevante ; c'est pour cela que notre projet constitue une haute cour de justice où l'Assemblée nationale peut renvoyer ses propres membres, les ministres et le président de la République. Quant aux autres fonctionnaires, ils auront pour juges soit les tribunaux civils, soit le conseil d'État, suivant les fautes ou les délits qui leur seront imputés. Nous avons composé la haute cour de justice d'après la donnée de nos cours d'assises : des juges de la Cour de cassation y prononceront la peine ; un jury tiré au sort dans les conseils généraux des départements prononcera sur la culpabilité. En créant un tribunal nouveau, nous avons conservé les formes éprouvées et les garanties du droit commun.

Le jury est, à nos yeux, une institution amie de la liberté, une magistrature d'équité et de bon sens, imprégnée des sentiments populaires, dont elle sort, où elle se retrempe sans cesse. Nous aurions voulu la développer et l'étendre progressivement au jugement des matières correctionnelles et de quelques procès civils. C'était notre premier projet : il a rencontré dans tous vos bureaux, nous sommes forcés de l'avouer, une opposition si générale et si rude, que nous avons dû nous résigner au silence de la défaite. Nous n'en conservons pas moins la confiance qu'il viendra un jour moins dur pour le jury, moins propice au praticien, et où la loi, simplifiant, abrégeant, élaguant les broussailles souvent épaisses de la procédure, donnera raison à notre opinion, que nous sommes forcés d'ensevelir provisoirement dans la solitude de nos convictions.

Il est une autre question qui a rencontré aussi une opposition non moins formidable : c'est l'interdiction du remplacement. Votre commission, un instant ébranlée, a discuté de nouveau cet important sujet ; elle est certaine de trouver la justification de sa première pensée dans le principe d'égalité qui doit régler tous les impôts de la République, et principalement celui qu'on a énergiquement appelé l'impôt du sang. Vouloir que la pauvreté le paye et que la richesse s'en affranchisse par l'argent lui a paru une iniquité monstrueuse. Frappée toutefois de la résistance des bureaux et des vives réclamations de nombreux pétitionnaires, et d'un certain bruit de l'opinion qu'il faut savoir respecter, même dans ses préjugés et ses erreurs, frappée aussi des objections raisonnables, puissantes, qui lui avaient été apportées, la commission s'est éclairée de nouveau en écoutant le président du conseil et le ministre de la guerre. Nous ne reproduirons pas ici, de peur de les affaiblir, les arguments pleins de vigueur et de clarté qui nous ont décidés à persister dans notre premier projet : ces arguments auront la parole à la tribune. Quant à nous, nous n'avons pas voulu démentir un principe, heurter l'égalité, et supprimer ce qui nous avait paru commandé par la justice.

Nous reconnaissons toutefois que cette interdiction absolue du remplacement militaire est essentiellement liée à une bonne loi de recrutement, à l'abréviation du temps de service, et la commission, pour ne pas compromettre le principe en l'isolant, vous propose d'en ajourner la discussion au moment où la loi d'organisation militaire vous sera soumise.

Tel est, citoyens, l'ensemble de notre projet résumé dans une analyse trop longue, bien que nous nous soyons efforcé de la réduire aux points les plus saillants.

Si parfaites qu'en fussent les dispositions (et elles n'ont pas des prétentions aussi téméraires), elles ne sauraient enchaîner le temps et les esprits. Elles sont temporaires, faites pour une saison de la vie du peuple, et les générations qui se succèdent, et l'opinion qui se modifie, et la souveraineté du peuple, conservent toujours le droit de réviser la constitution. Nous nous sommes bornés à conserver ce droit, qui est de toute évidence, et à l'entourer de ces formes solennelles qu'une assemblée doit toujours apporter dans ses actes quand il s'agit de toucher à la loi fondamentale d'une société. Cette loi néanmoins peut demeurer incomplète, être affaiblie ou détournée de sa voie, si on la sépare des lois organiques, qui en forment l'annexe nécessaire. Il nous a donc paru utile d'écrire dans la constitution un article où l'Assemblée nationale s'engage à faire ces lois. Mais cette question, dont nous avions été saisis par deux projets de décret en sens opposé, proposés par deux de nos collègues, ayant donné lieu à quelques débats, nous vous expliquerons dans un rapport spécial les motifs de cette décision, dont nous nous contentons aujourd'hui de donner la substance.

Notre motif principal et dominant, nous ne le déguisons pas, c'est que vous êtes appelés non pas seulement à écrire des principes de liberté dans les pages d'un code, mais à fonder la République.

L'œuvre est grande et digne de vous, citoyens représentants! malgré les clameurs ou les ténébreuses manœuvres des partis, malgré les regrets, le dépit, la rancune, le doute, les hésitations de tous ceux qui obéissent ou à des préjugés ou à des habitudes d'un autre régime, l'ère nouvelle a commencé pour les nations européennes. Prédite par le génie, elle se réalise par la raison, et cette lumière, que rien n'arrête, illumine de sa clarté la civilisation des vieux continents, comme elle a guidé de sa brillante étoile la jeune civilisation américaine. Les peuples ont grandi par l'éducation, ils ont compris leur souveraineté, ils ont la conscience de leur force, ils sentent qu'à eux seuls appartient le droit de se régir, de se gouverner, et la République seule peut donner à cette souveraineté du peuple son organe et sa garantie.

Grâce à elle, la vie politique s'étend par le suffrage universel, la vie économique s'agrandit par le travail; la vie morale. par la fraternité. L'individu est armé de tous les moyens de perfectionnement; le corps social, de tous les instruments du progrès; l'ordre, de tous les éléments de force, de droit, de justice; le peuple enfin, de tout ce qui peut lui donner le sentiment de sa grande destinée et de tous les secours nécessaires pour l'accomplir.

Tenez pour certain qu'il n'y a pas aujourd'hui dans le monde des intelligences un autre centre de gravitation : il faut ou le suivre et s'y installer, ou rétrograder dans l'espace, aller à la dérive comme une comète déroutée. Il faut ou organiser pacifiquement la démocratie dans cette voie des améliorations, ou revenir, à travers les ruines et le sang, à un état qui recommencerait pour tomber encore; il faut ou marcher résolument dans la route ouverte par la République, ou se rejeter dans les révolutions; marquer sa décadence par ces oscillations maladives, et faire signe alors à la barbarie qu'elle vienne régénérer un sang vieilli et faire disparaître de la carte de l'Europe cette patrie qui en fut pendant de longs siècles la lumière, l'orgueil et l'espoir.

Que tous les amis de cette France apportent à la République le concours de leurs forces, de leur volonté, de leur talent; c'est à vous qu'il appartient de les appeler, de les unir. Fondez d'une main ferme les principes républicains, fortifiez-les par les institutions organiques où ils puiseront la vie ; fiez-vous ensuite au bon sens, à la dignité de ce peuple, il ne souffrira pas qu'on lui ravisse ce qu'il a conquis, il ne se dégradera pas aux yeux du monde en abaissant son propre droit devant les emblèmes finis du passé ; c'est pour lui que vous aurez construit, élargi le monument, il le prendra sous sa garde, et bénira votre sagesse qui l'aura élevé.

**Bibliothèque L. Curmer,**

rue de Richelieu, 49.

---

1 *Du Droit au travail*, par M. Duvergier de Hauranne, représentant du peuple. 10 c.

2 *Sur la propriété et le droit au travail*, par M. Thiers, représentant du peuple. 20

3 *Principes de la Constitution*, par M. de Lamartine, représentant du peuple. 10

4 *De l'Élection du président de la République*, par le même. 20

5 *Sur le droit au travail*, par M. de Tocqueville, représentant du peuple. 10

6 *Sur les rapports des patrons et des ouvriers*, par M. Victor Grandin, représentant du peuple. 10

7 *La Liberté et l'égalité des cultes*, par M. Hauréau, représentant du peuple. 10

8 *La Marine française*, par M. Jules de Lasteyrie, représentant du peuple. 10

9 *Rapport sur le projet de constitution*, par M. A. MARRAST, représentant du peuple, président de l'Assemblée nationale. 20

10 *Projet de constitution.* 10

11 *Colonisation de l'Algérie. — Établissement des colonies agricoles.* 10

12 *Colonisation de l'Algérie. — Instructions hygiéniques*, et *Calendrier du cultivateur algérien*, par M. J. VALLIER. 20

13 *Du Choléra-morbus et de son traitement*, par le Dr F.-A. AUDIAT. 10

14 *Maximes et pensées.* 10

15 *Constitution votée par l'Assemblée nationale.* 5

16 *Manuel du juré*, par M. BAROCHE, représentant du peuple. [illegible]

www.ingramcontent.com/pod-product-compliance
Ingram Content Group UK Ltd.
Pitfield, Milton Keynes, MK11 3LW, UK
UKHW020215200726
13856UKWH00004B/1409

9 782013 056526